Le Pays de la Bisbille

Les Éditions du Boréal remercient le Conseil des Arts du Canada
ainsi que le ministère du Patrimoine canadien et la SODEC
pour leur soutien financier.

Les Éditions du Boréal bénéficient également du Programme de crédit
d'impôt pour l'édition de livres du gouvernement du Québec.

Dépôt légal : 4e trimestre 2001
Bibliothèque nationale du Québec

Diffusion au Canada : Dimedia
Distribution et diffusion en Europe : Les Éditions du Seuil

Données de catalogage avant publication (Canada)
Merola, Caroline
Le Pays de la Bisbille
(Boréal Maboul)
(Le Monde de Margot ; 8)
Pour enfants de 6 à 8 ans.
ISBN 2-7646-0145-X
I. Titre. II. Collection. III. Collection : Merola, Caroline. Monde de Margot ; 8.
PS8576.E735P39 2001 jC843'.54 C2001-941302-5
PS9576.E735P39 2001
PZ23.M47Pa 2001

Le Monde de Margot

Le Pays de la Bisbille

texte et illustrations
de Caroline Merola

1

La chef des fleurs

Dans la classe de Margot, on travaille fort. Pourtant, depuis quelques jours, on ne fait ni mathématiques ni français. Au contraire, les élèves se déguisent, chantent et dansent.

La classe de Margot prépare un spectacle de fin d'année. Le professeur a écrit la pièce, qui s'intitule *Le Pays enchanté*. Tous les élèves ont un rôle à jouer.

Margot aurait bien aimé interpréter le rôle de la jeune fille au grand cœur, mais c'est Myriam Hétu qui a été choisie. Myriam n'a

pas vraiment un grand cœur, mais elle a de longs cheveux blonds et une voix douce.

Margot, qui est réputée pour parler fort dans la cour d'école, a hérité du rôle de chef des fleurs. Elle devra porter un pantalon vert et un ridicule chapeau orné de grands pétales en papier rose.

Pauvre Margot !

Malgré cela, Margot n'est pas malheureuse du tout. À la fin du spectacle, elle chantera seule la chanson « Je sème du romarin, je t'aime joli Martin ».

Tout le monde lui dit qu'elle a une très jolie voix. Sauf Myriam, évidemment !

Ce matin, Sylvie, le professeur, propose de fabriquer le décor de la pièce. Elle demande à Margot et à Myriam de se rendre au local de rangement.

— Vous ramènerez la boîte de tissus et quatre cartons rouges.

C'est toujours un grand plaisir pour les élèves de visiter ce petit local mystérieux, au bout du corridor. Il regorge de trésors : il y a des cartons dorés et argentés, des boîtes de craies multicolores, des sacs remplis de boutons, des dizaines de rouleaux de rubans satinés. Des choses merveilleuses pour faire des bricolages incroyables.

Margot et Myriam contemplent quelques

instants ces richesses. Myriam s'étire pour prendre la boîte de tissus. Elle dit à Margot :

— C'est très drôle quand tu chantes la chanson « Je t'aime joli Martin ».

— Pourquoi ?

— Parce que tu es amoureuse pour vrai de Pierre-Martin. Je vais lui dire. Oh ! tu es toute rouge !

Margot est scandalisée !

— Je... je suis rouge de colère ! C'est un mensonge ! Tu dis n'importe quoi !

— C'est la vérité, rigole Myriam. Et Pierre-Martin a le droit de savoir. On va bien rire !

Margot cherche quoi répondre. Myriam a raison, Margot est réellement amoureuse de Pierre-Martin. Mais Myriam est une peste de vouloir tout raconter.

Tout à coup, Margot oublie sa colère. Elle a vu bouger une ombre dans le fond du local.

— Oh, Myriam ! Il y a quelqu'un !

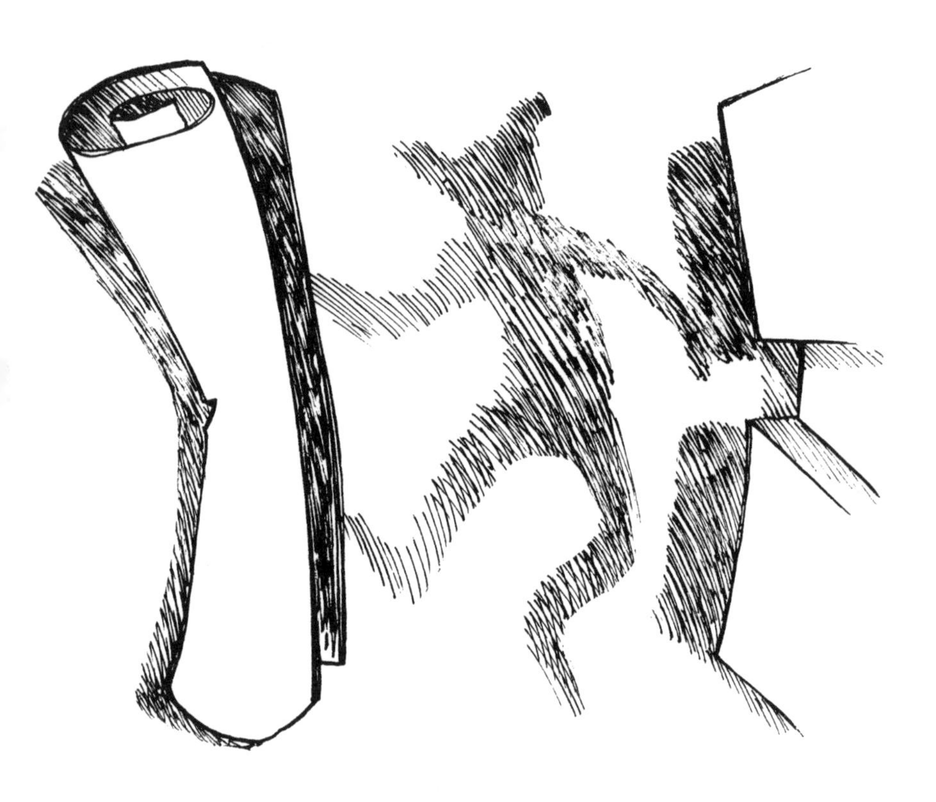

2
L'autre côté du miroir

Myriam se tourne vers Margot.

— Hein ? Où ça ? Es-tu idiote, ou quoi ? C'est ton reflet dans le miroir !

En effet, en déplaçant les rouleaux de carton, Margot a découvert un grand miroir appuyé contre le mur. Le cadre est ancien, orné de fleurs décolorées.

Myriam, qui est déjà dans le corridor, lui crie :

— Allez, dépêche-toi !

Mais Margot est fascinée par le grand miroir. C'est un miroir étrange. Margot s'y voit

toute floue. Ce qui est plus étrange encore, c'est que son reflet ne semble pas bouger en même temps qu'elle.

C'est pourtant impossible !

Margot agite les bras pour vérifier. C'est… c'est de la sorcellerie ! La Margot du miroir se met à danser et à rire !

La vraie Margot est stupéfaite ! Elle voudrait s'enfuir, mais elle se sent incapable de faire le moindre mouvement !

La petite fille de l'autre côté du miroir continue de rire. Elle sort tout à coup un bras et agrippe Margot ! Elle l'attire de son côté et, vive comme un écureuil, elle prend la place de Margot devant le miroir.

Margot a traversé la glace ! Tout s'est passé si vite qu'elle n'a rien pu faire. La petite fille au regard malicieux lui crie avant de s'enfuir :

— Amuse-toi bien, vieille nouille !

La bouche ouverte, les yeux ronds, Margot ne comprend pas ce qui vient de lui arriver.

Elle tente de retraverser de l'autre côté, mais une vitre épaisse l'empêche de passer.

Margot est prisonnière du miroir !

Elle cogne à grands coups de poing dans la vitre.

— Myriam ! Myriam ! Viens m'aider !

Derrière elle, Margot entend des ricanements. Elle a peur, elle se retourne lentement. Il n'y a personne. Margot découvre alors un paysage étonnant. On dirait un décor de théâtre.

Margot est sur une terrasse entourée d'un jardin de plantes vertes. Les plantes se balancent doucement. D'immenses meubles sont dispersés à travers le jardin : des chaises de deux mètres de haut, des commodes aux tiroirs ouverts, des sofas.

Margot descend les trois marches.

Les petits rires moqueurs lui parviennent à nouveau. Puis, des voix :

— Hé ! On dirait que tu t'es fait avoir, hein ?

Margot demande, la voix hésitante :

— Qui parle ? Où vous cachez-vous ?

— Morgane a pris ta place et tu as pris la place de Morgane ! siffle une autre voix.

Margot croit comprendre : ce sont les plantes qui parlent ! Les plantes vertes !

Les tiges sont surmontées d'une drôle de boule. En regardant bien, on peut distinguer de petits yeux et même une grande bouche dentée…

— Mon Dieu ! s'exclame Margot, êtes-vous des plantes carnivores ?

— Des plantes carni... quoi ? demande l'une d'entre elles.

— Oui, oui ! dit une autre, c'est ça ! Nous sommes des plantes carnivores et nous allons te dévorer, hé ! hé ! hé !

— En petites ou en grosses bouchées ? C'est toi qui choisis, hi ! hi ! hi !

3

Des plantes bizarres

Margot remonte en vitesse sur la terrasse.

— Je ne vous crois pas ! Les plantes carnivores ne parlent pas ! Je vous en prie, soyez gentilles, dites-moi comment retourner chez moi.

— Vous avez entendu, vous autres ? Elle nous demande d'être gentilles ! Ha ! ha !

— Pauvre petite souris, tu ne sais donc pas où tu es ?

Margot entrevoit le pire.

— Non, je… je ne sais pas.

— Alors, dit la plus haute des plantes, bienvenue au pays de la Bisbille !

— De la quoi ? s'inquiète Margot.

— De la Bisbille. Ou, si tu préfères, de la chicane, de la dispute. Notre grand bonheur à nous, c'est de nous insulter et de nous faire fâcher les unes les autres.

— Oui, montrons-lui le jeu de « Poche-Moche » !

Les fleurs sont tout excitées.

— Oui ! Oui ! Génial ! Une nouvelle participante !

Margot s'énerve :

— Je ne veux pas jouer à votre jeu. Je veux retourner chez moi. Qui est cette petite fille qui a pris ma place de l'autre côté du miroir ?

— Nous te l'avons dit, c'est Morgane. C'est notre chef. C'est la championne au jeu

de « Poche-Moche ». Elle nous fait toujours pleurer !

— Elle vous fait pleurer ?

— Mais oui, c'est la règle : on s'insulte jusqu'à ce que l'une de nous se mette à pleurer. Quand on pleure, on est éliminé. Morgane gagne toujours.

— Quel jeu affreux ! s'étonne Margot. Et ça vous amuse ?

— Bien sûr ! Allez, on commence ! Toi, petite fille, tu n'es qu'une molécule à pattes !

— Une grenouille puante !

— Une chenille à poils !

— À poils frisés, bien entendu ! Regardez comme elle est frisée ! Ouah ! Ha ! ha !

Margot en a assez. Ce jeu est ridicule !

— C'est vous, les chenilles à poils ! Vous vous êtes vues ? Vous êtes toutes vertes ! Même pas de pétales en couleurs. Dans ma cour, il y a plein de jolies fleurs, des roses, des rouges, des violettes. Bien plus belles que vous !

Un grand silence s'installe. Margot s'aperçoit qu'elle est allée trop loin. Les plantes ont baissé la tête. Certaines pleurent en silence.

Le cœur de Margot se remplit de honte.

— Je… excusez-moi ! C'était une blague. Vous… vous êtes belles. Je n'ai jamais vu de plantes comme vous.

Margot redescend les marches. Les plantes relèvent la tête. Soudain, une grande clameur retentit :

— Bravo ! Bravo ! La petite fille a gagné ! Elle nous a fait pleurer !

— Quelle championne ! En moins d'une minute !

— Meilleure que Morgane !

Margot ne comprend plus rien. Les plantes ne sont donc pas fâchées ?

Un germe d'espoir

Une des plantes se penche vers Margot :

— Écoute, belle petite. Tu as gagné le Grand Privilège.

— Le Grand Privilège ?

— Oui. Ta victoire te donne le droit de rencontrer le Hérisson Noir.

— Mais je ne veux pas rencontrer le Hérisson Noir ! se fâche Margot. Je veux rentrer chez moi. Mon professeur doit s'inquiéter de ne pas me voir revenir.

— Ton professeur ne s'inquiète pas du

tout ! Morgane a pris ta place. Personne ne se rendra compte de ta disparition.

Margot commence à comprendre l'horrible vérité ! La petite fille qui lui a tiré la langue se fait passer pour elle ? Dans sa classe ? Auprès de ses amies ? Et ce soir, elle dormira dans le lit de Margot ?

Oh ! C'est le pire cauchemar qu'elle n'a jamais vécu ! Margot se laisse tomber sur le sol. Elle sanglote.

— Vous êtes des plantes méchantes ! Je déteste votre pays de chicane ! Je n'aurais jamais dû m'arrêter devant ce miroir…

Les plantes sont prises au dépourvu. Jamais encore elles n'ont vu une petite fille pleurer autant. Elle a pourtant gagné à « Poche-Moche » !

Une jeune plante fait signe à Margot :

— Attends, ne pleure pas. Approche-toi.

Margot se relève en s'essuyant les yeux.

— Si tu vas voir le Hérisson Noir, peut-être pourra-t-il t'aider. Il connaît tant de choses ! Il sait sûrement ce qu'il faut faire pour retourner chez toi.

— Prends garde ! ajoute une autre plante. Le Hérisson Noir a très mauvais caractère. Ne le regarde jamais dans les yeux, ne l'insulte pas non plus. Il n'est pas comme nous, il n'aime pas le jeu de « Poche-Moche ».

— Et vous croyez, renifle Margot, qu'il acceptera de m'aider ?

— En échange d'un compliment, sûrement !

— Où... où se trouve-t-il ? demande Margot.

— Eh bien, la dernière fois que nous l'avons vu, il se dirigeait vers l'une des commodes, là-bas.

La jeune plante pointe du bout de sa feuille le fond du jardin.

— Regarde dans les tiroirs ouverts.

Courageusement, Margot traverse le jardin. En frôlant les plantes vertes, elle perçoit leur odeur. Une odeur d'herbe mouillée qui lui rappelle son propre jardin. Margot se retient pour ne pas pleurer de nouveau.

Elle se dirige vers la commode bleue. Les tiroirs sont remplis de trésors comme dans le local de rangement de son école. Mais pas de hérisson.

— Va voir la rouge, lui crie de loin l'une des plantes.

Margot se tourne vers la très haute commode rouge. Elle regarde dans les tiroirs du bas. Rien. Pour atteindre le tiroir du haut, elle doit grimper sur ceux du dessous.

Au moment où Margot s'étire le cou, elle se retrouve nez à museau avec une bête sur-

prenante. Une bête toute noire, aux poils drus. Deux yeux jaunes brillent de chaque côté de sa tête.

C'est le Hérisson Noir !

5
La belle et la bête

Margot s'empresse de baisser les yeux et de redescendre.

— Pardon de vous déranger, monsieur le hérisson ! On m'a permis d'aller vous voir…

— *On* t'a permis ? Et moi, *on* ne me demande pas mon avis ? Mais… Tu n'es pas Morgane !

Le hérisson n'a pas l'air très sociable. Les plantes se secouent nerveusement et s'écrient :

— Cette petite vient de l'autre côté, Hérisson Noir. Elle a gagné à « Poche-Moche ».

— Ah bon, elle a gagné à ce jeu idiot ? Alors, que veux-tu ? Et puis d'abord, quel est ton nom ?

— Je m'appelle Margot...

Margot se souvient du conseil des plantes : dire un compliment au hérisson. Elle se risque :

— Vous... vous avez une belle voix, monsieur le hérisson.

Le gros animal semble se radoucir.

— C'est vrai ? Tu trouves ? Eh bien, hum, merci, fait le hérisson en toussotant.

Margot, qui ne veut pas perdre sa chance, poursuit :

— Connaissez-vous le moyen de retourner de l'autre côté du miroir ? Morgane a pris ma place. Je m'ennuie de mes amis...

— Oh ! ton problème n'est pas simple, Margot.

— Mais, on m'a dit que vous…

Le hérisson l'interrompt :

— Doucement, la petite. Laisse-moi parler ! Ton problème n'est pas simple, mais il existe une solution. Suis-moi.

Le Hérisson Noir s'étire et sort lentement de son tiroir. Il est très impressionnant ! Il est

plus grand que Margot. Ses piquants sont pointus comme des épées. Margot marche derrière lui. Au passage du hérisson, les plantes se tortillent et se plaignent.

— Ouille ! Aïe !

— Ça va, fillettes, ça va, grommelle le hérisson. Cessez de pleurnicher !

Margot trouve le hérisson un peu bourru.

Le Hérisson Noir s'arrête devant la terrasse.

— Écoute-moi bien, la petite. Il n'y a qu'une façon de repasser à travers le miroir : Morgane doit se trouver de l'autre côté.

— Mais, si elle ne se présente jamais ?

— Tant pis pour toi, alors. Tu auras perdu ton reflet. Tu resteras ici pour toujours.

— C'est injuste ! s'exclame Margot.

— Quoi ? Tu ne te plais pas, ici ?

Le Hérisson Noir lui a déjà tourné le dos.

— Attendez, ne partez pas !

— Tu n'as qu'une chose à faire, Margot : tu te plantes devant le miroir et tu attends.

Puis, il ajoute en riant :

— Si tu restes « plantée » assez longtemps, peut-être deviendras-tu aussi verte que ces

stupides créatures ! Ha ! ha ! Allez ! J'ai fait ce que j'avais à faire. Ne me dérangez plus !

Le gros hérisson s'en retourne d'où il est venu, en égratignant une fois de plus les plantes sur son chemin.

— Aïe ! Ouille !

La pauvre Margot, découragée, monte les trois marches de la terrasse. Elle lève tristement les yeux vers le miroir.

À sa grande surprise, elle croit voir Morgane qui l'attend. Mais non, elle est bête, c'est son reflet, tout simplement !

De retour en classe

Soudain, une voix maligne la fait sursauter :

— Enfin, te voilà, vieille nouille !

— C'est toi, Morgane ? Tu es revenue ?

Margot sent une grande joie monter en elle. La petite fille du miroir est bien là ! Elle a les bras croisés.

— Ça fait dix minutes que je t'attends. Qu'est-ce qu'on s'ennuie de ton côté !

— De mon côté ? répète Margot.

— Oui. On ne rigole pas ! Je me suis fait disputer par ton professeur, par tes amis. Tout ça parce que j'ai lancé quelques petites insultes, quelques gros mots ! Allez, donne-moi la main, que je retourne chez moi.

Margot, pleine d'espoir, lui tend la main. Mais une pensée lui traverse l'esprit : elle n'a pas salué les plantes ! Elle se tourne vers le jardin.

— Adieu, mes amies ! Tâchez de ne pas trop vous chicaner !

— Au revoir, Margot ! On s'amuse bien avec toi. Reviens nous voir !

— Euh… J'y réfléchirai, au revoir !

Morgane s'impatiente :

— Grouille, la nouille ! C'est long !

Margot prend la main de Morgane qui la tire vers elle. Ça y est ! Les deux petites filles ont repris leur place !

Morgane sourit à travers la glace.

— Bon ! Bonne chose de faite ! En passant,

Margot, ne retourne pas tout de suite en classe. Tu es censée être en pénitence dans le corridor.

— En pénitence ? frissonne Margot. Qu'est-ce que j'ai… enfin, qu'est-ce que tu as fais ?

— Franchement, rien de mal. Je me suis juste assise sur le bureau de ton professeur pendant qu'elle me disputait. Je trouve que ton monde est bien sérieux… Salut ! Je ne te dis pas « À la prochaine » !

Margot voit disparaître son reflet dans le mystérieux miroir. Silencieuse et pensive, elle se dirige vers sa classe.

Sylvie, le professeur, ouvre la porte au moment où Margot arrive.

— Alors, Margot, tu as bien réfléchi ?

— Euh, oui, Sylvie.

— Je ne veux plus t'entendre traiter Myriam de patate poilue ni d'aucune autre chose, compris ?

— Oui, promis.

Margot se retient pour ne pas rire. Myriam Hétu la patate poilue ? Quelle bonne blague !

De retour en classe, Margot remarque que tous les élèves la regardent avec étonnement. Elle essaie tout de même de garder la tête haute.

7

Joli Martin

La cloche de la récréation sonne. Margot court rejoindre son amie Florence.

Mais Florence n'est pas aussi souriante que d'habitude.

— Que se passe-t-il, Flo ? demande Margot. Es-tu fâchée contre moi ?

— Non… Mais j'espère que tu vas cesser d'insulter tout le monde, Margot. Tu n'auras plus d'amis sinon ! Tu n'étais pas comme d'habitude, ce matin. D'ailleurs, c'est même pas vrai que Marie met les doigts dans son nez.

Quand Margot apprend tout ce que Morgane a dit à sa place, elle a un peu honte ! Morgane a triché durant la dictée, elle s'est moquée de Simon qui avait oublié de faire ses devoirs. Elle a traité Charlotte de « compote » et Bilal de « fer à cheval ». Malgré tout cela, Pierre-Martin est très gentil avec elle. Il l'a même invitée à venir jouer au ballon. Avec ses amis à lui !

Margot demande à Florence :

— Est-ce que j'ai dit quelque chose au sujet de Pierre-Martin, aujourd'hui, Flo ?

— Je ne sais pas, pourquoi ?

— Oh, pour rien !

Margot se dirige vers le terrain de ballon-chasseur. Florence la rattrape.

— Margot, demande Florence tout bas,

est-ce que c'est vrai ce que raconte Myriam ? Que tu es amoureuse de Pierre-Martin ? Elle l'a dit à tout le monde !

Margot fronce les sourcils. Elle repense à Morgane. Elle n'était peut-être pas une petite fille parfaite, mais elle avait de bonnes idées.

« Patate poilue », c'était vraiment très très bien choisi !

C'est quoi, Maboul ?

Quand tu commences à lire, c'est parfois difficile.

Avec **Boréal Maboul,** ça devient facile.

- Tu choisis les séries qui te plaisent.
- Tu retrouves tes héros favoris.
- Les histoires sont captivantes.
- Les chapitres sont courts.
- Les mots et les phrases sont simples.
- Les illustrations t'aident à bien comprendre l'histoire.

Les Éditions du Boréal
4447, rue Saint-Denis
Montréal (Québec) H2J 2L2
www.editionsboreal.qc.ca

MISE EN PAGES ET TYPOGRAPHIE :
LES ÉDITIONS DU BORÉAL

ACHEVÉ D'IMPRIMER EN OCTOBRE 2001
SUR LES PRESSES DE L'IMPRIMERIE TRANSCONTINENTAL IMPRESSION
IMPRIMERIES MÉTROLITHO, À SHERBROOKE (QUÉBEC).